Hundraåringen
som
kom hem

Olle Magnusson

Hundraåringen
som
kom hem

Olle Magnusson

Olle Magnusson
2020

Published by Anya Ison Wallace

Cover Design: Ulla Karlsson

First Printing: 2020

ISBN 978-91-986586-0-6

Olle Magnusson
Varnhem, Sweden

Innehåll

Förord

Den som lämnar sitt hemland och far omkring i världen, för att få eller ge något bra, tycker ändå att hemma är bäst.

Den som inte har något hemma, som är bättre än borta, letar efter ett hem.

Den som inte lämnar sitt hem och sitt land utan stannar och förbättrar, är bra för dom som kommer till landet och hittar ett hem.

Ture i denna berättelse kom hem till sitt land, där början varit svår men där slutet blev bra.

Kapitel 1

Mötet i Prästgården

DET RINGDE på dörren till prästgården. Prästen satt med skrivarbete på expeditionen, det tog en stund innan dörren öppnades. Det steg in en gammal man med käpp och långrock.

- Vad kan jag hjälpa er med? frågade prästen.

- Jag är född i den här socknen och vill nu veta hur gammal jag är.

Prästen bara tittade förvånat över glasögonen, sen lade han handen på mannens axel och sa, kom med här. Han gick före in på kontoret.

Han tog emot mannens rock och hängde upp den, och bad mannen att sätta sig.

Prästen såg mannen i ögonen och frågade:

- Vet ni inte hur gammal ni är?

- Jag vet bara året men inte något mer.

Vad är det här för en människa? tänkte prästen.

- Säg årtalet då.

Det han nu fick höra satte snurr på siffror i hans huvud. Han tog sedan fram en stor bok. Samtidigt som han vände bladen frågade han efter namnet.

- Ture Emanuel Karlsson? Vad hette dina föräldrar - Alma och Karl? Hade dom flera barn?

- Ja, en flicka men hon dog innan hon kunde gå.

- Minns ni vad stället hette, undrade prästen.

- Ja det hette Mon, det hörde nog till det stora säteriet.

- Då har jag hittat er här, svarade prästen.

Han lade ihop boken och drog ned glasögonen på näsan, var tyst en stund och bara tittade. Sen kom ett stort leende, han gick till dörren och ropade ut mot köket.

- Var snäll och kom med kaffe för två!

Dom flyttade sig till ett litet runt bord där dom satt mitt emot varandra. Nu började förhöret.

- Varifrån kommer du? Ja förlåt, får jag den äran att säga du?

- Ja, den äran kan du få, svarade Ture med ett skratt. Jag har bott på ett vandrarhem ett tag, sen jag kom hem till Sverige.

Nu kom en kvinna med kaffekoppar och kakfat på en bricka. Prästen frågade kvinnan om hon kunde tro att det var en hundraåring som hon bjöd på kaffe. Kvinnan höll på att tappa brickan då hon tog ett steg tillbaka och utbrast:

- Nä, är det verkligen sant?

- Ja, jag har just fått det bekräftat genom kyrkoboken, så det är sant, sade prästen med ytterligare leende.

- Tänker du åka tillbaka till vandrarhemmet redan i kväll? frågade prästen.

- Ja, kan jag få hjälp att ringa efter en taxi?

- Tyckte du att det var bra att bo där?

- Nä, det var lite för kallt på rummet, nu kommer vintern, då blir det väl inte bättre.

- Jag vet annars att det har blivit ett rum ledigt på ålderdomshemmet här, sa prästen.
Den gamle sken upp och sa:

- Ja, det skulle passa bra, jag känner mig så ålderdomlig numera.

- Vi kan nog promenera dit, det ligger alldeles bakom prästgården här.

Prästen hjälpte Ture på med rocken och gav honom käppen. Själv tog han sin promenadkäpp. Det hade börjat skymma, så dom gick sakta.

Under promenaden frågade prästen Ture var han kom ifrån då han kom hem till Sverige.

- Jag hade varit i Indien i många år. Där levde jag bland dom kastlösa.

Nu förstod prästen att det var en intressant person som han var ute på promenad med.

Kapitel 2

Utfrågningen

FÖRESTÅNDARINNAN BJÖD genast in dom. Prästen var ju med, honom hade hon stor vördnad för. Prästen presenterade Ture för henne.

- Han är född här i socknen. Nu kommer han från Indien och har just fyllt etthundra år.

Föreståndarinnan ställde sig mot väggen och bara stirrade, först på prästen, sen på Ture. Med darrande röst frågade hon Ture om han ville bo där.

- Ja gärna, sa Ture. Jag börjar känna mig gammal.

Prästen kunde inte hålla skrattet inne, det smittade av sig. Från föreståndarinnan hördes också ett litet skratt. Hon tog Ture i handen och gick mot det lediga rummet.

Ture trivdes från första stund. Den goda maten som han fick på bestämda tider värderade han högt. Han hade varit med om svält. Det var ingen brist på sällskap heller, alla som kunde, var nyfikna på nykomlingen.

En man som hette Alvar satt i rullstol, han var inte så värst gammal men han hade olyckats med att bli av med en arm och ett ben. Han ville gärna prata.

Medan dom pratade drog Ture honom runt i lokalen. Om det var fint väder gick dom ut.

Alla gamlingarna var från trakten. Alvar kände dom alla och pratade gärna om dom. Han var inte alltid så snäll i sina omdömen. Många hade han öknamn på. En av kvinnorna hade han många historier om.

Människors livsöden var prästens stora intresse. Nu
ville han veta allt om Tures långa liv, från början tills nu.
Så ofta han kunde kom han för att prata och lyssna.

Han fick höra hur Ture hade haft det från början.
Samtidigt fick han liksom närkontakt med människors
levnadssätt vid den tiden.

Ture var född i en av tre torpstugor som låg i en rad
vid vägen. Det var ingen riktig väg men folk från de
större gårdarna kom förbi där då dom skulle till kvarnen
eller till staden.

Jorden kring torpen var sandig och mager. Allt som
kunde tjäna som gödsel samlades ihop. Det var rovor och
potatis som odlades och åts ihop med mosade lingon eller
saltad sill.

Tures far arbetade med djuren i den stora ladugården
på Säteriet. Då modern plockade bär i skogen var Ture
med henne, men då hon arbetade hos bönder var han
ensam hemma.

Det hade kommit en förordning att alla barn skulle
gå i skolan, då dom fyllt sju år skulle dom börja. Två av
barnen i dom andra stugorna fick börja. Det fanns inget
skolhus utan varje gård fick ha läraren inneboende på
gården en vecka åt gången. Då fick barnen gå dit där
läraren var.

Det fanns små griffeltavlor som det gick att skriva
på. Det som behövdes för undervisningen förvarades i ett
träskrin som läraren flyttade med sig.

Ture var för liten för att få börja skolan. Han hade så
gärna velat börja.

Något ändå tråkigare hände. Hans far blev dödad av en ilsken tjur. Då gifte modern om sig och flyttade.

Ture lämnades till en bonde. Han fick gå i skola, men han måste arbeta också. Det kunde vara att valla djur eller att hacka bort ogräs.

Han var på den gården till han blev dräng på en annan gård i grannsocknen.

Nu skulle han få månadslön. Han kom till gården lagom till skördetiden. Ture var uppvuxen med att arbeta. Han gjorde sitt bästa, så bonden verkade vara nöjd.

Då han fått sin andra månadslön, kände han sig rik. Han sparade allt. Han var så rädd om sina pengar så han hade dom i en tygpåse som hängde i ett snöre om halsen. Han ville ha närkontakt med sitt kapital.

En dag fick han se en annan sida av bonden. Han söp sig full ibland. Då blev han alldeles vild. Han spände hästen för vagnen och körde en runda i byn. Han stod upp i vagnen och slog hästen med en käpp.

Då han kom tillbaka skakade den svettiga hästen i hela kroppen. Bonden slängde tömmarna till Ture. Han raglade fram mot huset.

Då han kom upp på trappan och skulle öppna dörren, trampade han utanför kanten och ramlade ned vid sidan av trappan.

Där låg han bland nässlorna och vrålade av vrede.

Hustrun kom ut och hjälpte honom in.

Dagen efter var han nykter men på dåligt humör. Arbetet som Ture bads att göra var att göra rent under dasset. Han skulle ta skottkärran i ladugården och dra det till gödselhögen och gräva ned det.

Prästen tog en hastig titt på sin klocka och reste sig hastigt från stolen.

- Vilket klart minne du har Ture, det är som att läsa i en bok! Jag kommer tillbaka så snart tiden medger.

Då han passerade dörröppningen höll han på att krocka med Alvar som satt i sin rullstol och väntade på sin tur. Ture hade fått brått till toan.

Då han kom ut ropade Alvar:

- Ture, ska vi ta oss en tur?

Solen hade redan värmt upp uteplatsen.

Några kvinnor satt i en grupp, och hade fått en bra start på pratsamheten.

Då dom såg Alvar komma blev dom på stridshumör. Han kunde försvara sig och slänga tillbaka. En del repliker lockade till skratt.

Sen blev det förmiddagskaffe som både luktade och smakade bra.

Redan nästa dag kom prästen och ville höra mer.

I sina anteckningar såg prästen att dom slutade med rengöring av dasset. Vad hände sedan?

Drängar hade inga fridagar men dom skulle ha marknadsfritt. Det var en granne som talade om det för Ture.

Han skulle till marknaden för att sälja ett par oxar och en kviga. Oxarna bands efter vagnen.

Ture fick uppdraget att leda kvigan. Det var handel med djur på det stora torget, allt övrigt såldes på det mindre. Bönderna sålde och köpte djur men några lejde pigor och drängar.

Ture ville bort ifrån sin drängplats, bondens häftiga humör skrämde honom.

Det var många arbetssökande. En bonde hade köpt
två unghästar, den ena bands bredvid hästen som drog
vagnen. Den andra bands fast i vagnens bakända. Då
vagnshjulen började rulla blev hästen rädd och ryckte av
repet.

Ture fick tag i repstumpen som satt kvar i hästen.
Bonden knöt ihop repet. Sen bad han Ture att åka med ett
stycke för att hålla i repet medan hästen blev van att gå
med.

Bonden tycktes ha glömt vad han hade där bak i
vagnen. Hästarna travade på.

Länge gick färdvägen genom en tät skog. Efter att
dom passerat en bro över en bäck kom dom fram till en
gård med ett stort hus.

En man som bonden kallade Sjögren kom ut från
stallet. Dom hjälptes åt att ställa in hästarna i stallet och
ge dom vatten och hö.

Inne i huset togs de emot av två kvinnor. Dom var
båda systrar till bonden som dom kallade Johan.

Systrarna Hilda och Anna hade maten färdig. Ture
hade inte ätit på hela dagen men nu fick han mycket och
god mat.

Efter maten bäddade Hilda en säng åt honom i
kammaren intill köket.

Alla på gården var alltid i arbete men ingen hade
bråttom. Att alltid vara i arbete var Ture van vid men inte
att folk var så lugna och snälla.

Unghästarna som Johan hade köpt på marknaden
skulle läras att dra. Först fick dom vänjas vid att ha sele
på sig och att styras med tömmar. Sen kördes dom i par
med en stång mellan sig. När dom vuxit till sig och blivit

riktiga dragare såldes dom.

Ture hade inte kommit till gården som dräng, så han fick ingen lön i pengar. Men han saknade inget. Hilda hade honom som sitt barn.

Bibel och psalmbok var dom enda böckerna i hemmet, som användes om söndagarna.

En liten gumma som kom för att karda ull och spinna garn, kunde psalmer utantill. Hon sjöng medan hon arbetade.

För att driva tröskan på logen användes ett maskineri som kallades vandring. Det skulle vara en oxe som drog runt den, det gick jämnare då. Oxen kunde gå då den kissade, men hästen måste stanna för att göra sitt. Träkuggarna i det stora hjulet tålde inga ryck.

Johan hade en broder som bosatt sig i Amerika och blivit rik där. I det senaste brevet stod det att han tänkte på att komma på besök då det blivit vår.

Nu var det höst. Ax och strå var under tak. Nu skulle potatisen upp och ner i källaren. Rovorna skulle upp och köras ihop för att kunna täckas med halm och jord så att dom klarade vinterkylan. Linet skulle repas, rötas bråkas med mera innan det kunde spinnas och vävas. Efter stortvätt och slakt började skogsarbetet. Ved och virke höggs och kördes hem.

Det var lätt att få hjälp med allt arbete. Det var gott om folk i landet vid den tiden.

Flera åkte till Amerika, dom som inte kunde, drömde. En av dom var Ture. Han väntade med spänning på Amerikabesöket. Då skulle han få höra hur det var att leva där.

En dag då han hjälpte Johan att klyva fång, talade han om vad han tänkte på. Johan var tyst en stund innan han svarade.

- Ja, arbetet du har gjort här kan nog räcka till vad resan kostar. Vi kan prata med min bror om det när han kommer.

Av det svaret fick Ture veta hur lycka kändes. Att såga ved och klyva brukade vara tråkigt, nu var det ett nöje.

Kapitel 3

Till Amerika

VINTERN GICK och våren kom.

En morgon drogs finvagnen ut. Hästen Blixten spändes för, nu hade brodern kommit med tåget.

Syskonen Anna, Hilda och Johan hade flera syskon, dom var alla gifta och hade familjer. Nu kom dom alla för att få se sin broder som varit borta så länge.

Alla hade sina finaste högtidskläder på sig. Dom väntade sig att deras broder skulle vara väldigt fin med guldklocka och guldkedja, men han var klädd som en som hade varit i staden och sålt något på torget.

Nu fick Gottfrid träffa alla sina syskon. Han hade glömt en del ord i svenskan, det märkte han nu.

På kvällen gick han med till ladugården och mjölkade en av korna, då kände han sig riktigt hemma.

- Du har inte blivit högmodig, sade syster Anna.

- Nä, så illa är det inte, jag minns väl vad vi lärde oss i skolan, att himlens port den öppnas blott för små.

Gottfrid hälsade på hos släktingar och gamla vänner.

Ture önskade sig att få följa med Gottfrid då han återvänder till Amerika, men han kom sig inte för att fråga. Då vände han sig till Hilda. Hon satt ofta en stund hos honom då han skulle sova. Henne var han förtrogen med.

Då dom ätit nästa morgon frågade Hilda Gottfrid om det var utrymme för någon mera svensk i Amerika. Ture vill ut i världen.

- Då åker vi i nästa vecka, svarade Gottfrid.

Sjöresan kunde slutat illa. Dom mötte ett fruktansvärt oväder ute på havet. Skeppet fick svåra skador. Det var ett under att dom kom i hamn.

Gottfrid hade ett stort fint hus, fru och två söner. Gottfrids familj var inte beredd på att ta emot en gäst från Sverige.

Huset var stort och sönerna hade sina egna rum. Föräldrarnas sovrum låg i anslutning till moderns aktivitetsrum och kontoret. Störst var finrummet med stora fönster och utsikt över en liten fin sjö. Det fanns också ett rum där det ställdes undan saker som inte användes så ofta. Där stod också möbler som behövde renoveras. Där bakom en gammal träsoffa fick Ture göra sig en bädd.

Han hade alltid arbetat men här fanns det inget att göra. Det var en stor trädgård bakom huset men där var det en tjänare som ordnade så det var fint. Sönerna studerade, så dom åt inte hemma. Frun var ute med väninnor som hade aktiviteter om dagarna.

Gottfrid hade köpt en mark som skulle delas upp i tomter som det skulle byggas hus på, därför var han ofta borta.

Ture visste inte var han skulle göra av sig. Om han gick ute på bygatan kändes det som han sågs vara en som inte ville göra något. Han satt mest på en sten längst bort i trädgården och våndades.

En dag fick Ture åka med till platsen som skulle delas upp i tomter. Den platsen hade varit en jordbruksfastighet.

Dom gamla husen stod kvar på området. Några pojkar i Tures ålder bodde i stugan.

En av dom var från Danmark. Hans språk kunde Ture förstå.

Gottfrid lät Ture vara kvar och bo i den gamla stugan. Han tänkte få pojkarna till hjälp att riva ned byggnaderna. Om han gav dom mat och verktyg så kunde han få det gjort billigt. Dom hade ändå inget att göra.

En som blev lycklig var Ture. Nu fick han både arbete och kamrater.

Kapitel 4

Tur i otur

DÅ RIVNINGSARBETET var slut tog dom sig till Kanada. Där behövdes det skogsarbetare.

Dom fick betalt för varje stock. Om träden var långa med lite kvistar gick det bra, men var det mycket grova grenar på träden blev det dålig förtjänst.

I baracken där dom sov var det britsar utmed väggarna. Storvästen fick vara huvudkudde, dom andra kläderna sov man i.

Dansken var en bra kamrat. Han och Ture slutade i skogen och började i en kolgruva. Det var bättre ekonomiskt men sämre för hälsan. Kamraten blev sjuk och togs till ett sjukhus. Då han inte kom tillbaka slutade Ture.

Han kom till platsen där han varit med om att riva gamla hus åt Gottfrid. Där var nu en stor arbetsplats. På alla tomter skulle det byggas hus.

Ture fick börja som hantlangare. Det var det tyngsta och sämst betalda arbetet. Murarna hade mer än dubbelt högre löner. Dom visade sin överhöghet med att ropa nedsättande ord till hantlangarna om dom inte fick murbruk och tegelsten fort nog. Blandaren drogs runt av en svart häst som inte behövde köras med tömmar, han drog ändå.

Varje dag kom en man dragande med öl. Då murarna hörde klirret från flaskorna la dom ned sina slevar. Då

fick också hantlangarna en rast. Dom drack det samma
som hästen.

Den största och finaste baracken användes till
beredning och servering av mat. Bostadsbarackerna var
bättre än dom i skogen och vid kolgruvan.

Då ett hus var färdigt att lägga tak på skulle detta
firas på något vis.

Vid ett sådant firande bjöds det på kalvkött. Det var
gott men arbetarna blev magsjuka. Dom gjorde sig av
med maginnehållet både uppåt och nedåt.

Dom kunde göra sig rena utomhus tack vare det
varma vädret. Utgifter från så många på ett ställe luktade
inte gott.

Värmeböljan byttes mot åskväder och häftiga regn,
det renade luften.

Byggandet kom igång. Ture kom med i ett arbetslag
som byggde ställningar. Det var bättre än att bära
murbruk och tegelsten.

Det var bra kamratskap i laget men olyckor hände.
En av kamraterna råkade trampa på en spik som stack
fram ur en planka. Stelkramp och blodförgiftning tog
hans liv.

En tid därefter hände det Ture något som han aldrig
skulle glömma. En vridvuxen planka gungade till så han
snavade och föll framstupa.

Där låg han med överkroppen ut över kanten på
ställningen och såg en hög med bråte där hans huvud
skulle slå emot om han släppte med händerna.

Den skräcken som han kände då varade några
sekunder innan den ena handen släppte. Då föll han, men

inte med huvudet före mot bråten som han såg där nere. Han låg några meter ut ifrån där han skulle ha fallit, han kände att bakhuvudet slog i marken.

Han reste sig och var helt oskadd. Hur kunde han hamna flera meter ut från högen med bråte och falla på rygg där? Kunde det finnas någon osynlig hjälpare?

Hilda hade läst för honom i bibelboken att Kristus hade lämnat efter sig en hjälpande ande. Kunde det vara den som hjälpte till så att han inte blev skadad?

Vad skulle han tro? Det borde väl ändå finnas någon att tacka för hjälpen.

Kapitel 5

Vaktmästare

DET FRÄMMANDE språket var inte svårt för Ture nu. Han hade lärt sig genom arbetskamrater.

Gottfrid hade inte glömt honom. Han kom till honom en dag. Han behövde en vaktmästare till en hyresfastighet som han nyss hade köpt. Nu tyckte han att Ture skulle passa för den tjänsten.

Det var ett stort hus i en liten stad. I källardelen fick Ture en liten lägenhet och ett utrymme där han skulle ha verktyg och redskap.

Han började sin tjänst med att gå till hyresgästerna för att tala om vem han var och att det var till honom de skulle komma om det blev något fel.

Den nya tidens teknik stegade in i hemmen med radioapparater och musikmaskiner. Ute på gator och vägar kom det bilar körande med människor och material.

Folk fick mera bråttom, dom gjorde flera arbetstimmar, alla ville få pengar så att dom kunde köpa de nya sakerna.

Ture köpte sig också en radio med tanke på att få veta något om Sverige. Ture tänkte ofta på dom som hade varit hans arbetskamrater. Själv kom han ifrån grovarbetet och baracklivet. Han önskade att alla skulle få det lika bra som han hade fått.

Ett äldre par som hyrde en av lägenheterna bjöd ofta in honom till en pratstund. Mannen hade arbetat i samma kolgruva som Ture.

Alla hyrande var inte lika bra. En man slog och slängde ut sin fru och sina barn då han supit sig full.

Spriten och högmodet är den ondes gåva till människan.

Många år hade gått sen den gången då han föll ned från ställningen. Han var ständigt tacksam för räddningen och för att han fått det så bra i sitt liv därefter.

Han borde vara mer utövare av religion. Det fanns en frikyrka i utkanten av staden, dit gick han en söndag, där blev han hjärtligt välkomnad.

Människorna som kom verkade så glada och frimodiga. När det hade sjungits en stund, ställde sig några upp. Dom sträckte upp armarna och ropade till Herren. Då kom alla i extas. Sång och böner blandades med rop om nåd och förlåtelse.

Då predikan var slut smög sig Ture ut. Han hade inte fått något välkomnande förut i sitt liv. Nu hade han hört det från alla som hälsade på honom då han kom.

Likt en våt katt lufsade han hem. Han hade ett hem nu. Det hade inte mästaren själv, det hade predikanten sagt.

Det var så gott att ha det bra, men att bara leva för att ha det bra, kändes inte rätt nu.

Kapitel 6

Änkan och fastan

TURE SLUTADE vaktmästartjänsten och flyttade till Kalifornien. Där fick han anställning på en farm, det var stora odlingar som skulle bevattnas. Det var mycket varmt, bevattningen gjorde mest nytta på nätterna, då avdunstade inte vattnet innan det kom ned till växternas rötter. Ture var med om att sköta bevattningen. Han arbetade på nätterna och skulle sova på dagarna.

Efter två veckor blev han yr i huvudet, han hade inte kunnat sova något på dom solheta dagarna. Han slutade där.

Tures nästa arbete var hos en boskapsuppfödare. Han hade över hundra djur som vaktades av ridande cowboys.

Tures arbete var att vakta en inhägnad, där djur som togs ur flocken skulle vara för att senare hämtas till slakt.

Då djurtransporter varit där och tömt inhägnaden låg det kvar en ko som hade dött. Djurägaren kom och blev på dåligt humör.

Det hämtades en häst som skulle dra ut kon för att grävas ned. Det gick inte att få in hästen i hägnet, han var rädd för lukten. Dom måste ta en lång lina som bands om hornen. Hästen drog till så hastigt så kons huvud lossnade från kroppen. Det vällde ut en ström av vita maskar. Ture kunde inte uthärda lukten han kräktes häftigt. Djurägaren blev arg och sparkade till Ture och bad honom att ge sig iväg.

Det var första gången som han fått sparken från en tjänst. Nu blev Ture less på att ha tjänster, han bara gick.

Nu tänkte han på den där räddningen. Hur kunde han kastas flera meter ifrån där han borde ha ramlat. Om det var någon slags ande så måste den vara stark och varsam, han hade inte känt att någon tog i honom.

Om räddaren var så nära då, kanske den är med nu också. Kan det hända att det går någon osynlig bredvid, strax före eller bakom? Det kanske inte är någon utan några. Det kan vara en hjälpare som har medhjälpare.

Hur det nu var så kände han sig inte ensam, fast han var ensam. Det fanns flera känslor, en var att magen kändes tom men han kände ingen lust att fylla den, efter att ha känt lukten av det som kom ut ur den huvudlösa kon.

Det var tur för Ture att han fick sparken så han fick uppleva friheten.

Han såg folk långt där framme. Då han kom fram dit fick han se att dom var där för att hämta vatten som rann ur en klippa.

Det var en kvinna som hade barn med sig, en som var med barn och en gammal kvinna som såg ut att vara sörjande. Hon sörjde nog inte över sin försörjning, hon såg inte ut att vara fattig för hon hade en diamantring och guldkedja.

Ture blev törstig då han såg det klara vattnet. Han fick låna en skopa att dricka ur. Sen hjälpte han den gamla att bära hem hennes vatten, han kände sig stark utan mat i magen.

Han hade haft en radio då han var i det stora huset i den lilla staden, där hade han hört en hälsosam röst tala om att det var bra att fasta.

Nu skulle han prova om det var så. Då den gamla
kvinnan ville bjuda på mat sade Ture att han slutat äta.

- Kan du inte vara här hos mig? Jag är så ensam, bad
den gamla.

Det passade Ture, han ville veta hur länge han kunde
leva utan mat så han skulle inte söla ned varken tallrik
eller sked.

Ture tog fastan på stort allvar. Trädgården runt huset
var fullt med fruktträd och bärbuskar men inte ett enda
litet bär fick bryta Tures fasta, han gick bara runt i
lustgården och såg på allt.

Det mesta av tiden gick åt att vara i sällskap med
hans värdinna. Han fick nu veta varför hon sörjde.
Hennes älskade make hade dött så hastigt, dom hade haft
det så bra.

Deras lyckliga tid hade börjat i deras tidiga
ungdomsår. Nu såg hon livet som en svart vägg framför
sig.

Ture visste vad han hade varit med om. Han trodde
inte att någon annan skulle tro att det var sant, men han
tog sig ändå för att berätta det för den gamla.

Hon lyssnade och berättade att även hon hade varit
med om otroliga händelser. När Ture var så övertygad
om att han alltid hade sällskap då var hon aldrig ensam
heller. Det sorgliga ansiktet ändrades.

Ture hade börjat på sin andra fastevecka. Det fanns
en brunn vid huset men det var inte gott vatten, därför
hämtade dom dricksvatten från källan i berget.

Ture var alltid med den gamla för att hämta vatten.
Hon var gladare nu, hon pratade med folk. Källvatten var
det enda som Tures mage fick. Värdinnan började

övertala sin gäst att börja äta.

Sista dagen i den andra fasteveckan tog Ture några bär från en buske. Då vaknade magen. Nästa dag tog han en gul frukt stor som ett barns huvud, delade den och skrapade ur dom svarta kärnorna. Då han ätit den ena halvan var han mätt, den andra halvan mosades och kunde ätas senare.

Två veckors fasta var nog för Ture. Sista dagarna hade han varit darrig i benen. Någon kroppslig nytta kunde han inte känna men hans syn på mat och allt som växte för att bli mat var en annan, mer högaktande på något vis.

Den gamla änkans hus var större och finare än stugorna däromkring, hon började bjuda till sig kvinnor och deras barn. På kvinnors vis var det handarbete och prat, ibland ett skratt. Barnen fick leka i trädgården, nu hade det blivit som Ture önskade. Han kunde inte lämna sin värdinna utan att hon hade något annat sällskap.

Den dagen som Ture gick vidare ut i världen blev han tackad av den gamla. Han hade gjort en öppning i den mörka väggen så hon kunde se att det var ljusare längre fram, hon trodde nu att det alltid fanns någon god hjälpare nära henne.

Till avsked fick han några kakor och en fin kavaj som hade tillhört hennes man.

Kapitel 7

Överfallet

VÄGDAMMET VIRVLADE upp efter bilarna. Deras antal ökade fort nu, dom körde fort också.

En bil kom sakta, den ställde sig vid vägkanten framför Ture, två män kom ur bilen. En tog tag i skjortbröstet och den andre slet av kavajen. Han kände fort igenom fickorna och hittade en sedelbunt i den fickan närmast bröstet. Han stoppade ned sedlarna igen och tog på sig kavajen, sen satte dom sig i bilen och försvann.

Där stod Ture. Han var chockad på två vis, först över rånet och sen över att det fanns pengar i fickan.

Han började gå, han kände sig inte så ledsen som han borde vara. Han var van att vara pank, nu var han också fågelfri.

Han hade inte gått så länge innan det kom en lastbil skramlande. Ture gjorde ett tecken med handen, det gnisslade till i bromsarna då den stannade. Ture visades upp på flaket.

Vart det nu bar iväg hade han ingen aning om. Efter en stund saktade bilen farten och gjorde en gir. Det låg ett hjul från en personbil på vägen och strax därefter låg det en bil i diket.

Det blev allt tätare med hus, det var början till en stad. Då bilen backade intill en lastbrygga tackade Ture och gick ut i staden. Efter fastan var mat högt värderat av Ture, men vad hjälpte det pengarna som kunnat mätta

honom låg i vägdiket. Hade räddaren som han trodde på
glömt av honom? Nej det behövde han inte tro länge.

Dofterna av mat drog en grupp människor till sig.
Dom stod utanför och diskuterade vad dom skulle äta. En
stor man som såg ut att vara ledaren blandade sitt språk
med nordiska ord. Ture gick fram till honom och frågade
på svenska om dom bodde här eller bara var på
genomresa.

Motfrågan kom direkt. Frågan var, om Ture var från
Sverige. Själv var han norrman.

- Där har du svenskar, sa han och pekade på ett par.

Dom var alla arkeologer. Dom var på väg till västra
Sydamerika för att göra utgrävningar där Inkaindianerna
hade bott en gång.

Ture talade om att han blivit rånad.

- Då anställer vi dig som praktikant så kan du följa
med oss och gräva, då får du allt som du behöver. Nu går
vi in och äter. Amerikanska staten betalar, vi får lön
därifrån.

Nu började en sorglös tid för Ture. Det var mycket
stora områden som skulle utgrävas. Ture var med där i
många år.

Det var vanligt med besök av turister och andra
intresserade. Två män som talade svenska kom för att se
vad som grävdes fram. En av dom hade arbetat i
Brasilien några år, nu skulle han följa med den andre till
en plats i södra Afrika för att leda ett hjälparbete där.
Ture frågade hur ett sådant arbete bedrevs.

- Är du intresserad så kan du själv få se. Det behövs
folk med erfarenhet. Vi börjar resan dit redan i morgon.

Ture sa hejdå till sina kamrater och följde med dom.

Kapitel 8

Afrika nästa

MÖTET MED Afrika var en stor upplevelse. Ture hade haft flera svarta arbetskamrater, nu kom han hem till dom. Gamla, unga, kvinnor och barn, alla var svarta. Här var det dom vita som var annorlunda.

Platsen där dom skulle arbeta var belägen långt utanför staden där dom kom i land. Där var det redan amerikaner och två sjukvårdskunniga kvinnor.

Den som satte Ture i arbete var en liten energisk man som var specialist på att förädla trä. Hans namn var Ale.

Han hade satt upp en ställning där stocken rullades upp. Däruppe stod en man med en lång såg som drogs uppåt. Den som drog nedåt var under ställningen. Han fick inte sågspån på kläderna, det fanns inte på den kroppen i den värmen, men i hårkrullet fanns det så mycket mer.

Allt spån samlades upp, därför måste han rufsa ur håret över en tunna av plåt. I den tunnan packade man hyvelspån och sågspån runt en fyr-tums träkavel. Då den sedan drogs upp blev det ett hål i mitten.

När det blev dags att laga mat tände man eld i hålet. Allt eftersom spånet brann, ramlade det ned lite i sänder i hålet. Det blev som en gaslåga som det kunde kokas majsgröt och stekas över.

Av brädorna som sågades gjordes det dörrar och fönster till byggnaderna som murades upp.

I den först färdigställda byggnaden var det sjukvårdsklinik. Där utanför satt alltid mycket folk, men mest mammor med barn. Svårast att behandla var sår som Trolldoktorn hade försökt läka med något hopkok och besvärjelser.

Arbetskraft behövde inte sökas den bara fanns. Det var värre att få tag i redskap och verktyg. Där det skulle byggas började det med att blanda murbruk direkt på marken. Dagen efter, hade marken hårdnat där, då gick det bra att fortsätta. Block att mura upp väggar med, gjordes i träformar.

Ett hus byggdes för att bli skola för barn, men det blev en skola för kvinnor som ville lära sej att sy kläder.

Det fanns gott om barn. Skolan bestod av ett stort tak på stolpar till en början. Allt som skulle bäras bars på huvudet men det var bara kvinnor som bar vatten. Då männen blandade murbruk var det kvinnorna som passade upp dom med vatten.

Bortsett färgen så är människorna lika varandra över hela världen. Några arbetar för att dom måste, andra för att dom vill. En håller rent, en annan skräpar ned, en är häftig, en är lugn. Några kvinnor är vackra, andra tror att dom är vackra, dom övriga liknar sig själva och trivs med det. Ture hade aldrig haft någon kvinna men han tittade gärna på dom.

Den lille mannen Ale var alltid där han skulle vara. Det var inte bara att tillverka inredning, den skulle sättas in och den skulle sitta rätt i karmarna och gå lätt i lås.

De var bättre med flera mindre fönster än få stora. Dom små kunde hängas i överkant och stöttas upp med en sticka när dom stod öppna. Om det började blåsa så fönstret kom i rörelse lossnade stickan, då stängde fönstret sig självt. Om ett stort fönster med gångjärn på sidan inte var stängt vid regn och häftiga vindar blev det vått i huset.

Ture slipade verktyg och filade sågar. Med tiden blev det ett riktigt snickeri och en liten smedja. Bland afrikanerna fanns det mycket bra hantverkare. Ale hade kommit dit från Indien. Där väntade mera arbete, därför vill han återvända dit. Då var det bra om afrikanerna tog över men ännu fanns det mer att göra. Ett riktigt skolhus skulle byggas och kliniken behövde vara större.

Ture kände sig klumpig då han gjorde något ihop med Ale, han var så lätt och kvick i benen. Det var svårt att tro honom då han sa att han skulle fylla sjuttio år.

Ture var inte långt efter, men han visste inte vilken dag på året han var född, därför hade han aldrig firat.

Ett år hade gått sedan Ale första gången talade om Indien. Under den tiden hade skolhuset blivit färdigt och kliniken blivit stor nog. Nu fick snickeriet arbete med tillverkning av bänkar till skolhuset. Snickarna klarade sig själva nu.

Kapitel 9

Indien

- DU FÖLJER väl med till Indien Ture, sa Ale med samma ton som om dom bara skulle gå för att sätta in en dörr.

Ture brukade inte säga nej till Ale så det gjorde han inte nu heller.

Resan till Indien tog längre tid än den till Afrika trots kortare avstånd. Fartyget de gick ombord på gjorde sin sista resa.

För att inte möta höga vågor följde skeppet kusten. Utanför Somalia tröttnade maskineriet. En annan båt drog dom till en hamn.

Efter en veckas väntan avgick ett lastfartyg mot Indien. För att få komma med måste dom arbeta med att ösa fram kol till ångpannan.

Ale kände inte igen sig i den hamnen som dom kom till, men han kunde folkets seder och språk efter alla år som han bott ibland dom.

Ture var nu helt beroende av Ale i detta främmande land.

Det gick kor och åt gräs mellan husen. Kor var Ture van vid. En stor ko som var nyfiken av sig kom fram och nosade. Det väckte minnen, Ture hade vuxit upp med att mjölka kor. Ale gick in i ett hus och lånade en skopa. Kon stod stilla medan Ture mjölkade. Dom drack sig mätta på mjölk. Nu hade dom fått mjölk av kon. Ture förstod att hon ville ha något tillbaka. Av sin djupt rotade vana vid kor såg Ture att hon var törstig.

Då dom lämnade tillbaka skopan som dom lånat fick dom varsin hink full med vatten. Kor dricker fortare än en häst. Dom måste hämta mera vatten. Kon blev nöjd med ett par munnar till men då kom det en liten mager ko med bara ett horn och drack upp det som var kvar.

I hinduismen är kon livets ursprung, men deras söner som drar plogar får man piska för att få dom villiga att dra. Om man vårdar och vördar kor kommer man i en högre kast i nästa liv.

- Det gör du nu Ture, men du måste tro, sa Ale.
- Jag tror på mitt, sa Ture.

Det var på den där räddande hjälparen som han blivit bekant med.

Dom tog sig till en plats där tågen stannade. Det var en lång kö till biljettluckan. Det var bara män som stod så tätt och luktade starkt. Dom hade turbaner på huvudet. Dom såg ut att vara i bra kaster.

För fyra tusen år sen hade ett krigarfolk erövrat Indien, det var dom som delade upp folket i kaster. Sen hade kastsystemet och Hinduismen snärjt in sig i varandra och var nu omöjligt att få bort. Mahatma Gandhi hade försökt men då mördades han.

Tågvagnarna var gröna med galler för fönstren. Det gick att klara sig med engelska språket. Det fanns många språk i landet men nästan alla kunde lite engelska. Ale visste var platsen hette där dom skulle stiga av tåget. Därifrån måste dom gå några kilometer för att komma dit som Ale hade varit före tiden i Afrika.

Där blev han mottagen med stor glädje.

Ture blev godtagen då Ale talade om att han kunde

mjölka kor. Det var ett stort projekt med inriktning på självförsörjning. Yrkesskolan var igång.

Ture fick uppdrag som han passade för. Han skulle starta och driva ett jordbruk med mjölkproduktion.

Ale skulle börja med att sätta igång bygget av ett stort barnhem där det skulle tas emot barn som ingen ville eller kunde ha. Kvarnen och bageriet var färdigbyggda men dom väntade på inredning.

Över en gjuten platta hade det satts upp ett tak på stolpar. Där skulle fattiga kvinnor få sy kläder. Det hade kommit begagnade symaskiner från Tyskland.

Det var folk från England kvar i landet som förmedlade gåvor från hjälporganisationer i England. Det passade bra att dom gav något tillbaka. Dom hade nog tagit för sig då Indien var deras koloni.

Så sent som nu i Tures liv på denna jord blev Ture förälskad i en kvinna.

Föremålet för hans kärlek var den som skulle lära ut hur symaskinerna skulle användas. Det började så att hon behövde hjälp med en maskin som inte fungerade som den skulle.

Ture hade alltid verktyg i fickorna men han visste inget om symaskiner, men då han tittat en stund fick han se felet, det behövdes bara en justering så gick det att sy igen.

Så enkelt var det inte med hans tycke för den mycket yngre kvinnan. En sådan gammal kvarleva som han, måste ha sådant för sig själv.

Det hade ordnats till en matservering i yrkesskolans lokal, där fick alla arbetande äta.

En gång då det var ont om platser satte sig Tures

älskade lite onödigt nära honom, då var han på lyckans topp.

I det här landets klimat var det enkelt att ordna djurhållning. Taket var mest till för att ge skugga.

För att kunna få upp både det våta och det fasta som korna släppte måste golvet vara hårt.

Allt behövdes till växtodlingen. Här som i Afrika behövde man inte söka efter arbetare, dom bara fanns.

Ture var med för att visa hur det skulle vara. Barnhemmet var inte färdigt ännu men matserveringen behövde mjölk.

Ture trivdes med kor, att se kor ligga gott och idissla är det mest rogivande som finns att se.

Ale var lika kvick här som han varit i Afrika. Om byggandet gick trögt på något ställe var han där och hjälpte till. Inget bygge fick lämnas förrän det var helt färdigt, det var han noga med. Då det var färdigt skulle ett liknande byggas längre norrut i landet.

Det var mycket som skulle ordnas efter att själva byggandet var färdigt. Området skulle göras fint med gräs och gångar. Fruktträd och bärbuskar skulle sättas.

Det tog sin tid innan dom flyttade till nästa projekt. Där var platsen förberedd. Det var amerikanare som kommit dit. Det var en som var ingenjör och en annan fin man med väska på magen.

Ale kände sig inte så behövd, han hade många släktingar som han ville se medan han var i livet så han åkte till dom.

Ture hade ingen släkt så han var kvar, han visste att han skulle behövas om dom skulle ha kor.

Om byggnadsingenjören varit hälften så kunnig som Ale hade det varit bra, men dom var i alla fall snälla.

Dom hade två bilar, den ena var en lastbil med ett långt flak.

Amerikanerna byggde sig hus med blomstrande uteplatser. Det gick nu att åka med flygmaskin till Delhi. Det kom fler amerikaner med familjer. Det var ett mycket naturskönt område med höga berg som bakgrund. Det byggdes flera hus.

I en förstad till Delhi fanns det en stor affär som hade byggmaterial och verktyg. Vid turer dit blev det stora lastbilsflaket alldeles fullt med folk. Det var fattiga som ville bo i en stor stad, där var det ingen som visste att dom var kastlösa.

Amerikanerna hade inte så många barn, då räckte det med två kor för mjölkförsörjningen. Ture gick omkring med dom i ledband så dom fick äta där det var gott gräs.

Själv sågs Ture som en tillhörighet som man skulle vara rädd om. Han bjöds ofta på mat. En gång fick han en fråga som han kände sig dum av, då han måste säga att han inte visste. Det var frågan om hans födelsedag.

Kapitel 10

Åter till hemlandet

EN SNÄLL man med en ändå snällare fru skulle ta flyg från Delhi till London. Ture visste att det var långt till London men därifrån till Sverige var det inte så långt. I Sverige skrevs det i en bok då någon blev född.

Ture hade fattat snabba beslut förut då han flyttat mellan världsdelarna men han hade aldrig flugit. Det snälla paret lovade att hjälpa honom. Dom hjälpte honom också i London att hitta en flygmaskin som skulle landa i Sverige.

Då han landat blev han sittande i en bekväm stol och somnade. Nästa morgon köpte han en smörgås och ett glas mjölk, det hade han pengar till, men sen var börsen tom. Var skulle han nu göra av sig? Han började gå.

Ute på vägen kände han att kläderna som varit lagom varma i Delhi var lagom kalla här. Då han såg sin hatt dansa iväg med en kastvind stod han stilla en stund.

Två poliser var ute och åkte. Dom såg en gammal man stå där framme på vägen utan hatt och rock. Det verkade konstigt. Dom stannade och frågade hur gammal han var. Ture svarade att han kommit från Indien för att få reda på det. Då hoppade den polisen som satt bredvid ur, och öppnade bakdörren och släppte in Ture.

Det som sett konstigt ut var konstigt. Dom hade tagit hand om en helt förvirrad gammal man som sagt att han kommit från Indien för att få reda på sin ålder. Poliserna såg på varandra och skakade sina huvuden medan Ture med tacksamhet förstod att hans räddare hade hunnit med fast flygningen hade gått så fort.

Nu rådgjorde poliserna om var dom skulle göra av honom. Den polisen som släppt in Ture i bilens värmande säte frågade vart han ville åka, då svarade Ture att han satt bra där han satt. Då kliade det under polismössan. Ture hörde att dom talade med någon som inte fanns med i bilen. Då han hörde ordet "kom" hördes det en röst som sade något om Frälsningsarmén. Nu tillfrågades inte Ture. Poliserna såg beslutsamma ut och började köra fort.

En stad kom dom till mötes. Några gatukors till höger och vänster sen var dom framme.

Polisen gick in och en man kom ut. Uniformer kan skrämma om inte människan i dom ler och säger välkommen. Inne var det två till uniformer med vackra kvinnor i. Kaffe och kanelbullar är inte fel som inledning till ett förhör.

Som en början sa dom tre sina namn, mannen hette Johan och damerna Anna och Hilda. Dom namnen fanns i Tures minne. Nu blev det dom, som tänkte förhöra som lyssnade. Dom fick höra hur det var då Ture som ung kommit till folket med de namnen och hur han haft det både före och efter.

Dom hade tagit emot en gamling som inte ens visste sin ålder. Nu högaktade dom samme man för sitt klara minne.

Frälsningsarmén hade ett vandrarhem där hemlösa fick bo. Där fanns det rum för Ture, sen togs han med till ett lager med begagnade kläder, där fick han en vintermössa och en fodrad rock.

Nu hade allt varit bra om han inte haft sin önskan att få veta sin ålder. Han visste var han kunde få veta det, men för att komma dit behövde han pengar.

Frälsningsarmén fick ibland gåvor som skulle ges till behövande. Ture var nu behövande så han fick pengar till resan.

Det var på så vis som han kom till ålderdomshemmet i socknen där han var född. Ture var den äldste men han klarade sig själv och var alltid glad och nöjd. Personalen firade hans födelsedagar med tårta och präst men dom fick inte hurra, det var Ture allergisk emot.

Ture hade det bra och fortsatte att fylla år ända till sju år över hundra.

Då hade prästen hunnit bli pensionär. Nu fick han tid att göra en bok om Tures liv. Han hade anteckningarna isatta i en pärm. Men att få till en bok av det var inte så lätt som att förbereda ett tal i kyrkan.

Prästen hade en kollega som givit ut böcker som han fått pengar för. Han visade intresse för Tures liv. Han kunde få köpa förhörsprotokollen på auktionen där pengarna skulle gå till välgörande ändamål, där skulle pärmen med anteckningarna vara med som sista utrop.

Det var som vanligt mycket folk på den auktionen. Prästens kollega satt på första bänk, han tänkte ge ett högt bud så ingen skulle ha lust att bjuda över.

Så blev det dags, utroparen höll upp pärmen och frågade:

- Vem ger ett bud på Tures liv?

- Femtusen!

Det blev alldeles tyst i salen. Så högt bud hade aldrig givits i denna sal. Damen som satt och skrev knuffade till den som ropade och pekade mot utgången.

Där var det någon som stod och vinkade.

- Har vi sextusen?

Då det kom klartecken pekade utroparen mot den som bjöd först och frågade om han var med på sju?

- Ja och åtta där borta, ja och nio där, ja och tio.

Nu började spänningen bli olidlig men det kom klartecken för tio.

Nu var det den fina mannens tur att bjuda, han andades häftigt nu, men fick fram ett ja.

- Ger du tolv där borta?

- Ja.

Nu skakade ett huvud på första bänk medan allemans huvud vreds mot vinkaren där borta. Det var en gammaldags närvarande, som framskred för att hämta och betala. Han såg inte ut att vara litterär, håret spretade utanför gratismössan men skäggstubben var heltäckande.

Prästen blev orolig. Han hade önskat att hans kollega fått hand om det hela men nu var Tures framtid oviss.

Prästen och hans kollega hade en allvarstyngd stund tillsammans. Prästen sörjde över att han lät ropa ut Ture, medan kollegan ångrade att han inte ropade in honom.

Ett intensivt forskningsarbete bedövade sorgen. Genom att prata med folk som varit med på auktionen fick prästen ingen klarhet, men många tips.

Någon tyckte sig ha sett köparen försvinna på cykel. Nej han hade kastat sig in i en bil. Någon hade skådat en Skoda som hastigt försvunnit. Dom som visste mer, visste inte om han hade tillstånd eller inte, då han byggde och grävde. En trodde inte att han var mycket dum, en annan trodde att han var lite skum.

Felet med den nu pensionerade prästens spaning efter köparen var att han förlitat sig på en som var polis. Han borde kunnat utreda fallet, men ryktet spred sig att han framkallat skrattsalvor.

Nu kom polisens svärfar till hjälp, han kände till köparen. Han följde med prästen upp till det skogbevuxna berget, där köparen som han kallade "Dammsen" brukade hålla till.

Dom svängde in på en skogsväg, men på den kom dom inte långt. För där stod det en stor grävmaskin på tvären över vägen. Ur motorrummet på den kröp den så kallade Dammsen fram. Han beklagade att han blockerade vägen. Motorn hade bara stannat. Nu sökte han efter felet.

Prästen var också en sökare, han sökte efter pärmen där Ture satt. Prästen var van att tala, nu måste han övertala. Det lyckades. Dammsen lovade att sluta gräva dammar och av hela sitt hjärta och med allt sitt förstånd hjälpa till med att få ut Ture ur pärmen och in i en bok.